久美泥日誌

野村喜和夫

nomurakiwao
KUMINENISSHI

書肆山田

久美泥日誌

1

思考の腐蝕について、という古い本が一冊、アントナン・アルトーとジャック・リヴィエールの往復書簡をまとめた薄い本だが、研究棟地下の遠心装置のあたりから蝶のように飛び立ち、私の網膜のおもてに、ひりひりと黒雲母のような斑を残す。魂の中心にぽっかりあいた穴？　私の思考よりもはるか遠くに、たぶん別のあり方で到達する思考があるということ？

2

あれはいつのことだったろうか……

3

ひとりの女、久美、きみへのアクセス。あるいは人生のすべて、
立ち騒ぐ不毛な未来。

4

何が不安なのだろう、きょう、その不安をたぐり寄せることができるか、そんなつまらないことを考えながら、そんな、何かしら終わることへのざわめき、のような午後、研究を中途で切り上げ、とある儀式に出ると、やや遅れて久美、きみがあらわれる。薄い黒のワンピースに包まれて、ひときわまぶしかった。そのようにみえたことの意味は、それだけますます近寄りがたくなったということ。ぼくの悲嘆の輪郭はととのえられ、一種めずらかな健康体となる。

5

ちたちたと脳梁を水がつたってゆく、どうしようもない、水はやがて脳梁をつたい落ち、恋ヶ窪に溜まる、とでもいうのだろうか、するとたちまち記憶の蒼穹はひろがって、燕がかたどる深い昼の円のなかを、私は歩いていた、とでも？　人生のなかで何がいちばん大切かは人によって異なる、ああ、空もまた毀れやすいのだ、ぼくはアカデミックにやるよ、ごきげんにやるよ。

6

私は地のおもてを映すが、地のおもては私を映さない。この苦しい一刻。だがこうして影をなくすことは、百年の忍耐にも値する。周縁の蛇よ、内奥の犀よ、うらてのヒドロゾアよ、間隙の猿よ、高所の蟻よ。それぞれの持ち場で、私を護れ、脅かせ。

7

燃エル星、
燃エルおれんじ色ノ大キナ星、
旅ノ果テデ、私ハ確カニ
ソノヨウナ存在ト遭遇シタ気ガスル、
記憶ハソコデ途切レテシマウノダガ、
ソレ以前ノコトナラ、或イハ思イ出スコトガ
出来ルカモシレナイ、ヤッテミヨウカ。

即チ、私トハ私達デアリ、
私達ガマダ群レテイタ頃、
世界ハ何ホドノモノデモナカッタ、
空ハナク、地ハナク、或イハ
眠イトキノ瞼ノヨウニ閉ジソウナ地ト空ノ隙間、
ソコニ、タダ見渡ス限リ、
上モ下モ右モ左モ前モ後モ、
私達ガ群レテイタニ過ギナカッタ、
世界トハ、殆ド私達ノ数ノコトニ外ナラナカッタ。

ソウ、半端ナ数デハナカッタノデ、
10ノ凡ソ8乗×2、
ソレダケノ数ノ私達ガ、
或ル定カナラヌ、シカシ極メテ

限定サレテモイルラシイ空間ノ中ニ、
イヤ、モットハッキリ言オウ、
巨大ナフタツノぐりぐりシタ球体カラ成ル世界ノ中ニ、
ギッシリ犇メイテイタノダ、シカモ下方デハ、
私達ノ後続ガ、後カラ後カラ生マレテイルラシク、
ソノ者達ニ押サレテ私達ハ、
徐々ニ上方ヘト移動サセラレテイクノダッタ、ト言ッテモ、
ゴク僅カナ移動ナノデ、普段気ヅカナケレバ、
私達ハ殆ド同ジ場所ニイルモ同然ダッタ。

8

膝がしらを顔に近づけると、暴動が匂った。馬鹿な。しかし、こうまで就職口がないと、こうまで未来が奪われたとなると……

9

ヒーラの死後も生きつづけるヒーラ細胞はうつくしい。それから第二研究棟へ、久美、きみのロッカーに保管させてもらっておいた資料その他を取りに行く。むろんきみの痕跡は、たとえ髪の毛ひとつ、探そうとしたってありはしない。がらんとしたその第260番のロッカーのちいさな空間さえもが、きみの決定的な不在を象徴しているようでむなしい。そのむなしさのへりが、なぜだろう、陽にかざした指先のように赤く透けてみえる。

10

あの中原中也でさえ、書いているではないか——むかし私は思っていたものだった、恋愛詩なんてくだらないものだと、けれどもいまでは、恋愛を夢みるほかに能がない、そうして夜は夜で、ぼんやり星をみたりしているのだ、ああ、空の奥、空の奥。

11

いまもなお、夜のふくらみは女のふくらみ。そのなかでは、天皇を戴く国家なんて、ろくに見えもしない。愛の技芸と辞書になりそこねた口辺とかつての希望の廃墟とからなる星座的布置なら、ほら、私へと、大きく傾く。

12

遊戯の終わりのような、午睡のあとさきのような。

13

（呼ぶと呼ばれたので呼びかえし、
（私たちはひとつになった、
（久美泥、　――息と
（息の結び目に隠れ込む
（幼い会話、
（高等な沈黙、

14

隠れ込む、——きみそれ自体が、隠れ込むいのち、ではないだろうか、久美、久しく美しい泥へと。

15

夏の一日、ぼくがしたいことといえば、空調のきいた小ぎれいな郊外のホテルの一室で、久美、きみと静かな午後を過ごすことだ。なんか変、ときみは言う。どうして？　とぼくは訊く、きみに乗っかったまま。子供たちの声が聞こえてくるもの。ずっと聞こえていたよ。でも、何をして遊んでいるのかしら。さあ、たぶんボール投げかなんかじゃないか。缶蹴りかもしれないわ。それに砂遊びもね、城を作っては壊して。ブランコは？　そう、ブランコ。ジャングルジム！　いや、女の子なんだ。誰が？　だからその、ぼくたちの子供がさ。女の子じゃ、ジャングルジムは駄目なの？　そうじゃないけど、まだうんと小さいんだ。三歳ぐらい？　そう、三歳ぐらい。それからすこしずつ大きくなって。私たちはすこしずつ老いていって。そう、すこしずつ老いていって。

16

私達ノ住マイ、
ソレハ棺ト呼バレルぬらぬらシタ穴デ、
周リニハ精細ナ管ガ何本モ張リ巡ラサレテイタ、
ソノ管ヲ通シテ私達ハ、
飲食シタリ排泄シタリスルコトガ出来タ、
マア一種ノかぷせるほてるダト思ッテイタダイテ差シ支エナイ、
下方カラ後続ノ者ガヤッテ来ルト、
私達ハソレマデ使用シテイタ棺ヲソノ者ニ譲リ、
自ラハ一段上ノ棺ニ行ッテ、ソコニ身ヲ置ク同類ニ、

「下方カラ来タ」ト言エバヨカッタ。

デモナゼ私達ノ住マイガ棺ト呼バレテイタノカ、
ソノ由来ハ知ラレナカッタ、
棺ハ死者ヲ収メルタメノ物デアル、
私達ハ少ナクトモ死者デハナイ、
故ニ矛盾シタ命名デアルガ、棺トイウ言葉自体ニハ
何トナク美シイ響キガアリ、
私達ハソノ言葉ヲ抵抗ナク使ッテイタ、
ソレニ、ぬらぬらシタ棺ニ首ヲ突ッ込ムト、
ソノ都度ニ記憶ヲ失ウヨウナ、
ソノ都度ニ時間ヲ無化スル時間ニ浸ルヨウナ、
ツマリ死後ヲ生キテイルヨウナ気ニナルノデ、
棺トイウ命名モ、アナガチ間違イデハナカッタカモシレナイ。

イズレニモセヨ、
ぬらぬらシタ棺ニ首ヲ突ッ込ミ、
真夏ノびーちノ人ダカリノヨウニ隙間ナク犇メイテ、
私達ハ、働クデモナク、
遊ブデモナク、
デハ何ヲシテイタノカ、
待ッテイタノダ、タダヒタスラ待ッテイタ、
何ヲ待ッテイタノカ、ソノ何ヲノ部分ガ掠レテ
欠落シテシマウクライ、タダヒタスラニ。

17

まさしくいま、私は老いてしまったにちがいない。あれはいつのことだったろうか、たとえていうなら、私は急いでいた。遅くとも夕刻までに着かなくては。この切迫の由来は、いまではもう思い出しようがない。追われていたのか。それとも、何かの切っ先のような伝達の、いわば化身になっていたのか。いや、遅れていたのだ。私とは絶えず何かに遅れる存在だ。道すがら、橋がいくつか、それから基地跡が、草に覆われて。バスに揺られもしたが、エンジン音をかき消すほどの、赤ん坊の泣き声。黒地に白の、悔イ改メヨ。

18

それら、日誌のいたみを縫うようにして。夢とうつつ、正気と狂気とが境い目もなしに交錯するが、そこに混淆の騒がしさは聴き取れない。むしろ、空の青のような静謐がみなぎる。青は恐怖の色でもあるだろう。

19

なぜなら、はじめに眩暈があった。夏の炎える土のうえを、久美、きみが歩いてくる。そしてこころなきままに、その美貌を、ぼくの眼前にさらけだしたのだ。それは、たとえ束の間であろうと消しえない瞬間、同時にしかし、参加しないうちに敗れてしまっている賭けの瞬間……

20

時間の空間化は、本来意味深いはずだが、この道ゆきにあっては、どれもこれもが同じようなブロックの、重なる襞のような寄り合い。そう見極めて、つぎのブロックへと発つ。到着はもう夢見られてはいない。

21

ちたちたと脳梁をつたい落ちた水が、過去の地異をめぐり、声が砂となって、距離が囀りとなって、火さえ走るというのだが、誰にどこを切られてのことだろう、きょうはもう悲しもう、それがいい、それでいい、ほらまたぼくは性的な虫のあとさきをくっきりと見失い、水の母のまぼろしまでもが刻限の荒れ放題となって、どこだってひらく崩壊原論であろうし、ミトコンドリア・ミステリーであろうし、飛びとどまれ誰か、飛びとどまれ誰か。

22

天頂に青空があるとはかぎらないこの呪われた視野よ。なぜといって、薫風に汗をこきまぜたような苦のちまたがあり、うすく血のりを引いたような朝焼けがあり、そしてとりわけ、それをくすませるに足るみだらな扉が、下方へと開かれているからだ。ヒーラの死後も生きつづけるヒーラ細胞はおぞましい。

23

奇妙なことだ。あのとき私は女にでもなっていたのだろうか。男としての恋情がマックスになったとき、かえって、身内に洞《ほら》を穿たれたような状態になってしまったのだ。それは恋の相手によって、生きてある彼女の光をはじく挙措によって充たされなければならない空虚であり、いや彼女のマチエールそのものによって、私の言葉やまなざしを呑み込み、消化し、吸収し、排泄しているにちがいない彼女の肉質めくめくるめきそのものによって充たされ、占領され、台無しにされるべき空虚であった。信じられるだろうか、私が、女の膣のようになまめかしくも力強く洞を穿たれ、すると洞は拍動し、タフで、豊かで、絶え間なく私を持ち上げ、歩ませていたのだ、ひくひくとあてどなく、実に張りつめ、実に危うく。

24

それからぼくは、風俗に行く優しい男たちのひとりであったかもしれぬ。気がつくと早朝の電車に乗っていて、窓から射す瑞光の市松模様が、ぼくの視界いちめんにひろがり、跳ね上がり、まろび去ってゆく。このひかりの成就。しかも、生まれたての。だからぼくは、疲労困憊なくせに、眼だけは不思議と洗われて、あちこちのことの端の微細なそよぎを、なにかしら護符を受け取るかのようにいとしく掬いとろうとした。このひかりの成就。

25

光のなか、ひらひらと舞っているので、蝶かと思って近づくと、思考の腐蝕について、という古い本が一冊、アントナン・アルトーとジャック・リヴィエールの往復書簡をまとめた本だが、研究棟の裏手で行き迷っているのだった。あれはいつのことだったろうか、私はいぶかしく、それを追う手つきをしてみせた。

26

星を食べるひと？　四散した沈黙の壁を一匹の蛞蝓がよじ登る？

27

ソレニシテモ、
待ツコトハ本当ニ辛イ、
シカシわくわくスル、シカシ狂オシイ、
ナントカコノ状態カラ逃レヨウト周リヲ見渡スノダガ、
代ワリ映エノシナイ無数ノ私達ノ眺メバカリ、
無数ノ同ジヨウナ丸イ頭ト、短イ胴体ト、
細ク長ク伸ビタ鞭毛バカリ、
鞭毛？　ソウ、私達ハ、人間ノ尺度カラスレバ
極微ノ存在ニスギナイ、ニモ拘ワラズ、
人間ノ素トナル存在デアッテ、
昔ノ人間達ハ、ソレ故、
私達ヲ極微ノ人間ノ形ニ思イ描イテイタヨウダ、

ダガ、顕微鏡ガ全テヲブチ壊シテクレタ、
以来私達ハ、人間達ニトッテモ鞭毛ヲ持ツ存在トナッタノデアル。

鞭毛以外ノ私達ノ特徴ト言エバ、
頭部ニ虹色ノ螺旋ガ透ケテ見エルコトダロウカ、
螺旋ハ二重ニナッテイテ、緩ヤカニ旋回シテイル、
人間達ガソレヲ見タラ、息ヲ呑ムホド美シイト思ウニ違イナイ、
イヤ、伝聞ニヨレバ、ソコニハ
彼等ノ運命ノ半バホドガ読ミ取レルトイウコトダ、
私達ガ人間ノ素トナル存在ト言ワレル所以デアル。

シカシ螺旋ハ、私達ニトッテハ孔雀ノ羽根ノヨウナモノデ、
イヤ、孔雀ノ羽根ナラバ、雌ノ気ヲ引ク為

トイウ意味ガアルノダロウガ、
私達ニ異性ハ存在シナイノダカラ、
螺旋ハ、余計ニ無用ノ長物ナノデアル、
何ヨリモ螺旋ハ重苦シイ、
人間モ辛イ悩ミヲ頭ニ抱エテイルラシイガ、
ソレト違ッテ、螺旋ハ実体デアリ、重量ガアルノダ、
シカモ、緩ヤカニ旋回シナガラ、
絶エズ何ゴトカ私達ニ囁キカケテイルヨウデ、
鬱陶シイコトコノ上ナイ、
モシソレガ頭部カラ取リ払ワレタラ、
ドンナニスッキリスルコトダロウカト思ウ。

28

私の眼のこちら側、さわれないむらさきの視床。深くて、はかると狂おしい。だれか来て、不法占拠《スクワット》せよ。いや、もう不法占拠《スクワット》されているのかもしれない。ひとりの恋する男がやってきて住みつき、まわりの壁を、恋は狂気だから、なにやらわけのわからない落書きで埋め尽くそうとしているのかもしれない。《なんでもポリティクスになるよね、精肉も、リンパ球も、誰彼の波瀾万丈も。》

母は？　分けるものでしょ。灰は？　外すものでしょ。ぼくの外で、ぼくのまるで知らないうちに、久美、きみが生活し、思考し、官能し、泣き笑いし、眠りほうけ、そうしてやがては老いていってしまうのだろうという、このあたりまえの見通しが、いまのぼくには耐えられない。母は？　割るものでしょ。灰は？　秘めるものでしょ。

30

古代の海の遺骸のようだ、壮大な夕映えに沈むこの武蔵野は。そのへりで、父祖伝来の生理を燃え上がらせている久美、ぼくはきみに近づく。選び取る必要もなく、おのずから道は伸び、たわんでゆくので。樹木に、石に、きみの名もおのずから影を落として、いま、地勢全体が官能を得たようにうねる。誰だって一度は、机やノートの片隅に好きな女の子の名を記したことがあるだろう。自由という至高の人間的価値も、そこに由来するまぼろしの手のふるまいにすぎない。

研究のあと、私は解き放たれ、さまざまな私が散開するので、病んで黄熟した、そのひとつを辿り、西へ、上水のグリーンベルトに沿って、また病んで黄熟した、すると日付がならび、古い日付やら未来の日付やら、ひとはなぜ廃墟に惹かれるのだろうという問いが、崩れかけた建物のうえや横にまつわりついて、日没のほうへ、次第に深みを増す龍胆色の郊外のほうへ、私とはたった数語の出来事を追う物語なのか、その薄墨色の不在なのか、追ううちに出来事は、水のちろちろした流れになって、あれ？　郊外は突然、不思議な森のたちあらわれのなかへと、奇怪なかたちで消えてしまうのだ、しるしの私のように。

32

夢見るな！　雨あがり平素咲きやまぬ百日紅《サルスベリ》へのさびしい視角！

野に球、小金井で。研究棟のチームはさんざんだった。だがそのあとで久美、ぼくはきみと話をする機会を得たのだ。バスを待つあいだ、ぼくたちは樹木のある風景にとりかこまれていた。あれは何の木？　コナラ。じゃあ、あれは何の木だか知ってる？　ヒマラヤ杉でしょ。そう、ヒマラヤ杉。ぼくはさらに遠くまで呼び名をひろげる。とんがり杉、あけぼの杉。

34

私の想像のなかの鳥は墜ちない。空の高みで凍結したまま、やがて死骸となることはあっても。

ぼくは古人のように夢の通い路を信じていたのかもしれぬ。久米川辻をすぎ、鷹の街道外もすぎて。バスに乗っているのか、窓からのぞくと、なんとまばらな人影、なんと大きな妊婦の腹。街道の遠く近く、クヌギやコナラの老木若木が、風に葉うらをひるがえしている。その思いのほかの白さ。こういってよければ、この世のものとも思われぬ白さ。それはそのまま久美、きみへの、いやきみからの、ひそやかな感応の徴でもあるかのようだ。だがやがて、道は険しい起伏となり、ピラネージ風の暗いきざはしとなり、そのなかほどで久美、ぼくはきみへのルートを見失う。

気がつくと、恋ケ窪付近。ひるひなか、眼科医院は扉を閉ざしている。中には剝製のけものの眼が光っているのだろう。何かしら仮説を思いついたとき、すごく興奮する、それが研究生活だとしても、ぼくは……　木立の向こう、世界の古い傷痕のような目立たぬ踏切を、獣臭い燃料列車がだしぬけによぎったりして。奥をきわめようとする者には、陽のくるめき。しかしながら、久美、きみを夢にみた朝などは、めざめても逃してはならぬ身熱があり、それをかかえて外に出ると、樹の無言の飛躍、樹の無言の飛躍……

37

ぼくは現実をゆるしてやりたくなる、ほとんどゆるしてやりたくなる。

38

なぜといって、ひとは夢を介在させることによって、夢の暴力をきたえることによって、現実を持ち上げ、揺すり、おびやかし、そしてついには乗り越える、あるいはゆるす。そう、久米川辻をすぎ、鷹の街道外もすぎて。空の震盪を拾ったのもそこ？　恋ヶ窪の図書館には、たしか真姿の泉のフォークロアが収められていたはずだが、どんな言い伝えなのか、忘れてしまった。ヒーラの死後も生きつづけるヒーラ細胞はすばらしい。

39

話ヲ戻シテ、
待ツコトハ辛イ、トリワケ、
何ヲ待ッテイルノカ分カラナイノニ待ツトイウコトハ辛イ、
——ネエ、俺タチ、何ヲ待ッテイルンダッケ？
ト、或ルトキ私ハ、右隣ノ棺ノ者ニ訊ネタ、
——ワカンネエヨ、ソンナコト、
ト、右隣ノ棺ノ者ハ答エタ、
——死ジャナイノ？

ト、左隣ノ棺ノ者ハ答エタ、
——違ウヨ、旅ニ出ルンダヨ、
ト、ソノマタ隣ノ棺ノ者ハ答エタ、
——ダカラサ、ソレガ死ヘノ旅ナンダヨ、
ト、左隣ノ棺ノ者ハ付ケ加エタ、
——デモ、ジャ何故コンナニわくわくスルンダロ?
ト、私モ付ケ加エタ、ソレデ結局、マタ待ツコトニナル。

40

このあたりだ、このあたりに違いない（久米川辻をすぎ、鷹の街道外もすぎて）。

41

ゆうべ、谷保の友人宅で飲んで、それから帰路に就いたのだが、酔いのせいか、久美、きみの家のほうに向かう衝動を抑えることができなかった、これで何度目だろう、いきなりは近づけないから、対数渦巻を描くようにして、徐々に近づいていったのだったが……

42

久美泥という美しい言葉を、私はいつ、どこでみつけたのだろう。泥は「ネ」と読んで、組み寝、の万葉仮名でもあろうか。

43

世界劇場、選択する眼、無為なる機械、不死の人々――夜の対数渦巻のなかには、そんな言葉も散らばっていた。万葉仮名からはずいぶんと遠いけれど。そして私は膝をかかえる、古い古い暴動の匂いを嗅ぐために。

44

それともうひとつ、この奇妙な色情の劇場も忘れまい。そこでは、孤独な独身者のシーツのうえに久美、きみの裸体のまぼろしがかたどられている、しかし久美、きみのその裸体のまぼろしの、ちょうど臍のあたりにも、孤独な独身者のシーツがちいさく浮かび上がってみえ、そのうえにはやはり久美、きみの裸体のまぼろしのミニアチュールがかたどられている、以下同様。人体をつぶさに見ていると、ミクロからマクロへと、細胞がたくさん集まって、ひとつの細胞内で果たされているのと同じ論理を作り上げていることがわかるが、それと同じように、久美、きみを、マクロからミクロへと――

45

私達ノ気晴ラシ、
ソレハ体ヲ鍛エルコトダッタ、
至ル所ニじむガアッタ、アリスギルクライアッタ、
棺ヲ除ケバ、私達ノ空間ニハタダじむダケガアル
トイッテモ過言デハナカッタ、
私達ハソコデ、或ル者ハ来ルベキ旅ニ備エテ、
或ル者ハ単ニ暇ツブシノ為ニ、思イ思イニ体ヲ鍛エテイタ、
もちべーしょんノ違イハ、ヤガテ鞭毛ニ出ル、
まっちょナ鞭毛、優美ナ鞭毛、
ヒョロ長イダケノ鞭毛、太ッタ鞭毛、精悍ナ鞭毛、
ソノクライノ個性ノ違イハ、私達トイエドモ出ルノデアル。

それにしても、どこへ行ってしまうのか、あれらの言葉の数々——おりにふれ発語され、書きとめられ、しかしこれといった脈絡もみつけられぬままに孤立し、意味を薄くしてしまう言葉の数々は？　ぼくのちまちまとした縁辺よ、かたどり、かたりだせ、地勢の赤ん坊よ、蟻になる神経の様態よ、いまだ報告されていない濃く染まる小体よ、かたどり、かたりだせ。

47

ちたちたとなおも脳梁を水がつたたってゆく、どうしようもない、そんな未来をぼくは想い描く、人生の秋、つたい落ちた水が蠅の飛び回る下での熟睡を強いて、敷いて、浅く夢を浚った私が悪かったのだ、まだまだ狂いが足りない、とでもいうように、けれども久美、きみの未婚に触れている鏡は深度においていつまでも春だろう、そう、春だろう、ぼくたちはそして、肉の食い入るようにつるもう、つるもう……

光の粒々でできた小指大ほどの道化師が、シーソーの原理に従いながら、やはり光の粒々でできた風船をつかもうとして飛んだり跳ねたりしている。風船はひきもきらず繰り出されるが、道化師たちの仕事は不規則で、いっぺんに五個も身内に吸い込んだかと思うと、一個もつかめずにむなしく降りてゆく。《なんでもポリティクスになるよね、精肉も、リンパ球も、誰彼の波瀾万丈も。》

49

ぼくは恐れる。書くことによって、ますます久美、きみを見失ってゆくのではないかと。一年ものあいだ、書くことによってひそかにきみとともに在るつもりでいたのだが、錯覚であったかもしれぬ。じっさい、久美という名のまわりに、それと引き合い、また反発し合うさまざまなレベルの言葉を蝟集させるとき、内界と外界との、豊饒と不毛との、生気と死との、驚くほど自在な共謀に担われて、久美、きみそのものはいつしか消失してしまうのではないだろうか。あるいは、久米川辻や久美泥という語以外のどこに久美、きみがいるというのだろう。やがてぼくは、書くこともやめて、どこにいるのだ久美、と叫びながら、夜の武蔵野をさまようことになるのかもしれない。

50

厭世主義者であること、ただし攻撃的な。

51

この世とは、それ自体なんと謎めいていることだろう、なんとうすら寒くスリリングであることだろう。過激なエログロはあるし、殺し屋や麻薬の売人は跳梁するし、帝国主義が残した傷また傷をつたって、虐げられた人々の苦しくも抒情的な叫びが聞こえるし、ヒーラの死後も生きつづけるヒーラ細胞はみつみつしい。かと思えば、狂気と恐怖に翻弄される人々の無言があり、望んだものを即座に具現化してしまう少女や、さまよい歩く測量技師の憂鬱がある、ほら、私のように、ヒーラの死後も生きつづけるヒーラ細胞はあわあわしい。それからまた、廃墟のような街また街、歌う虫、25時間目の休暇、すぐに砕けてしまう脆い身体、鉱物的なさようなら、熟れた月、茶柱。もうあの世なんか夢見ているひまはないよ、ヒーラの死後も生きつづけるヒーラ細胞は……

自殺なんて考えたことはない、自殺するに値するような命じゃないから（とぼくが言うと、友人は笑った）、ただ、巖のような現在を考えている、というか、そういう現在を、全身これ触覚といったさまで感じている。すると、痛みでもあるような悦びの薄膜がひろがってゆく。われわれは日々刻々、その巖のうえで死んでゆき、また甦ってゆく。言い換えれば、巖のうえに咲く花なのだ、生と死の市松模様のような花なのだ。つまり、死はもうわれわれのおもてにあらわれていて、生と同じくらい確かで、さわることができ、消しえず、消す必要もなく、だから自殺なんて考えようもないじゃないか、そもそも自殺とは死を遠くから引き寄せることであり、もっと正確にいえば、そういう操作を行うことによって、かえって日々の本質的な死というものを遠ざけることであり、だからいま、ここでこそ、眼を閉じたとき最初にひろがるあのぼんやりとした暗赤色、それが死だ（と言いながら、ぼくはもう誰に話しかけているのでもなく、ひとりきりのなかで、だから言葉もつぶやきに似てきて、やがてそれも止み、ついには沈黙にしっかりと捉えられてしまう）。

郵 便 は が き

〒171-0022

東京都豊島区南池袋2-8-5-301

書 肆 山 田 行

常々小社刊行書籍を御購読御注文いただき有難う存じます。御面倒でも下記に御記入の上、御投函下さい。御連絡等使わせていただきます。

書名

御感想・御希望

御名前

御住所

御職業・御年齢

御買上書店名

（呼ばれると呼ぶので呼びかえされ、
（私たちはひとつになった、
（久美泥、　――葛藤であり、
（葛藤の自然な解消、
（陰茎であり、
（陰茎のように束ねられた祈念、

54

ぼくは誘惑する主体になれるのか、なれないのか。じっさい、研究なんてどうでもいいことだ。ネットで検索すると、たとえばあるジャーナルに、涙のなかに上皮成長因子が存在することを証明したという論文が載っている。別のジャーナルには、眼のなかの房水中には上皮成長因子ＥＧＦが存在しないという報告がある。また別のジャーナルには、大切な抑制因子のひとつであるＴＧＦ－βが房水中には大量に存在することが報告され、さらにＴＧＦ－βは涙液中には少ないという論文。でも、ぼくが研究棟に通うのは、ただ久美、きみに会うため、そうしてきみの姿をぼくの濁った視界のなかに峻別すること、それがぼくにとってはかけがえのない美的体験なのであり、もしそういう機会が未来永劫に奪われるとなると、想像力そのものが冷たく狂わされそうで不安なのだ。

55

待機ハ猶予ト
言イ換エテモ良イカモシレナイ、
私達ヲ待チ受ケテイルモノ、
ソレハドウヤラ、アル決定的ナ出来事、
シカモ、ドチラカト言エバ、死ノ予感ニ満チタかたすとろふ
ニ近イ出来事デアルラシク思ワレタカラダ、
ソレガ起コルマデノ猶予ノ時間ヲコソ、
私達ハ生キテイタノデアル。

ソレデモ時折、
待機祭トイウいべんとガ行ワレタ、
タダじむデ鞭毛ヲ鍛エテイルダケノ毎日デハ
ヤリキレナイカラ、トイウ理由デ、
モウ久シイ以前カラ行ワレテイル祭ラシイ、
イヤ本当ハ、明日ノ希望ノ
ナイヤリキレナサヲ紛ラワス為カモシレナイ。

久美、きみがぼくの家に来ている。経緯は省く。草木に興味を示すきみに、ぼくは水の木の苗木を贈ろうと、スコップを持ち出してくる。水の木？　ハナミズキのまちがいではないか。ともかく、ぼくはすでに土を掘り始めている。どこで？　庭で？　いや、いつの間にか、きみはベッドに横たわっていて、ぼくはそのまわりにスコップをあて、きみのからだに合わせて土を掘り崩している。してみるとベッドそれ自体が泥でできているのだろうか。あまつさえ、きみの腹のあたりには、例の水の木が生えてしまっている。水の木とは、久美、きみのことなのか。根方を丸くかたどろうとする作業が、きみの腹から腰にかけてを愛撫しつつ、すこしずつその丸みを際立たせてゆく愛の所作に、切れ目もなく移行してゆく。

57

久美泥しませんか……　膝をかかえると……　あれはいつのことだったろうか……　発語はつねに曖昧さを残す。曖昧さはそして、それ自体語の輝きだ。眠りの感触が夢をひときわ浮き立たせるように。だが、語の輝きはわれわれの眼のはらを逆撫でしてゆく。その苦しみに耐えられない者は、ついに眼を閉じて、発語する者をめずらかな出土品のように撫でさする。

波長の短い青い光は網膜のなかに侵入しやすい、その結果、細胞障害の原因となる活性酸素が発生しやすくなる——というような研究成果を、きょう、ぼくは久美、きみの前で語った。語りたかった。でもそれが何になるというのだろう。風邪気味だというきみは、セーターの袖を引っ張って手をすっぽりと隠してしまう。その動作がひどく子供っぽい。だが官能の重みのようなものが、セーターにつつまれて余計に息づき、量感を増しているようにもみえる。きみは途中で帰ったが、坂の上で一度ぼくたちのいる研究棟の方を振り返り、呼ばれたので呼びかえすような素振りをみせた。送って行くべきであったか。

59

呼びかけと振り向き、そしてそのあいだに通う風に別名を与えること。できる、できないは別にして、それが願われていた。

60

思考の腐蝕について、という古い本が一冊、アントナン・アルトーとジャック・リヴィエールの往復書簡をまとめた本だが、なおも蝶のように飛びつづけ、通用門横のあたりで、私へと何かしら複雑な幾何模様を描き出している。あれはいつのことだったろうか、私はいぶかしく、それを追う手つきをしてみせた。ひとつの生の叫びそのものである事柄を、あなたはどうして文学的な局面に据えようとされるのでしょう？

61

まだまだある。一個の真の麻痺？　思考の根をぬいてしまう病い？　生の戸口そのものにおいてのように胸を高鳴らせている自分？　予期しない突然の電流？　瞬間のそれぞれが、あの深いところでのトルネードによって揺さぶられている？

62

これまで何度、久美、きみに手紙を書こうとしただろう。何かしら仮説を思いついたとき、すごく興奮する、それが研究生活だとしても、とか、きみに向かって書きかけ、書きそこねしてきた言葉たちは、さながら小さな虫の遺骸をびっしりと敷き詰めたのにも似て、だがもう、それでもいいと思う。死に絶えゆくだけの欲望の痕跡であってもいいと思う。

63

投函する。

64

ホアン・ミロ彫刻展の招待券を同封して。

65

（自転車を漕いで）脊柱のほそさよ、脊柱のほそさよ、脊柱のほそさよ。

祭ノ日ニナルト、
ナゼカソノ日ダケ私達ノ空間ハ
地ト空ノ隙間ヲ広ゲ、街ノ様相ヲ帯ビルノダッタ、
幻影ニスギナイカモシレナイガ、
じむ以外ニモかふぇヤれすとらんヤげーむせんたー等ガ出現シ、
此処彼処ニ「待機祭」ト書カレタ旗ヤ幟ガ立テラレルノデ、
行ッテミヨウカ、
ト、隣ノ棺ノ者ヲ誘ッテ外ニ出テミルト、
精巣上体ノめいんすとりーとハ既ニ凄イ人出デ、
タダデサエ高密ニ群レテイル私達ダガ、
コノ日ハ精巣中ノ同類ガソコニ繰リ出シテシマッタ感ガアッタ。

例エバ鞭毛比べノ会場デハ
鞭毛自慢ノ者達ガ集マリ、
審査員ノ前デ、ソレゾレノ鞭毛ヲ撓ラセタリ、
クネラセタリシナガラ、点数ヲ競ッテイタ、
最高点ニハ彗星賞ノ栄誉ガ与エラレタ、
私達ノ鞭毛ハ、ソレガモシモ究極ノ美シサニ達スルナラバ、
未ダ見ヌ彗星ノ尾ニモ匹敵スルデアロウト思ワレタカラデアル。

シカシ鞭毛比べハ、
祭ノホンノ序ノ口ニスギナイ、
祭ノくらいまっくす、ソレハ音楽ダッタ、
普段ノ、棺トじむヲ往復スルダケノ生活カラハ
凡ソ考エラレナイコトダガ、

或ル者達ガじむノ前ニ仮設ノすてーじヲ作リ、
ろっくばんどヲ組ンデ演奏ヲ始メルト、
ソレハ瞬ク間ニ増エ、向コウノ角デハらっぷ風、
コチラノ広場デハだんす・みゅーじっく風、
トイウヨウニ、街ノ至ル所ガ演奏会場トナッタ、
ばんどノ周リデハ皆踊ッテイタ、
鞭毛ガ跳ネ、頭部ガ揺レ、汗ガ吹キ出シ、
束ノ間ノ気晴ラシニシテハ身ガ入リスギテイルヨウニモ見エタ、
ヤハリ、絶望ガコノヨウナ熱狂ヲ生ミ出スノダロウカ、
涙ヲ溜メテイル者マデイテ、ソノ涙ガ
汗ト一緒ニきらきらト金属片ノヨウニ飛ビ散ッタ。

67

だが、ゆうべ、夢で、ぼくは久美、きみの精髄のようなものを、きみが生きてあることのそのうす桃色の原形質のようなものを、あるいはきみが立ち去ったあとの濡れ残った肉の影のようなものを、手で掬い飲んだような気がした。

68

《寒中お見舞い申し上げます。ホアン・ミロ彫刻展の招待券、どうもありがとうございました。ミロは絵の方が好きですが、「夜の中の頭」という作品はちょっと気に入りました。明るい太陽の下にあるべき作品が多いように思います。》

69

ぼくもそう思う。ミロは彫刻よりも絵だ。ミロの絵を見ていると、ぼくはいつも夢の基底というものについて想像をめぐらす。夢の基底も、ミロの絵と同じように、水に浮く脂のようないくつかの根源的フォルムから成り立っているのではあるまいか。それに、久美、きみという存在がある固有の色をつけてしまって、そのフォルムが組み合わさってかたちづくる夜毎の具体的な夢のなかに、姿を変え、場所を変えて、きみが、またはきみに似た女が、繰り返し出没してやまない。昼の意識のなかでいっとききみを忘れることができても、ひとたび夢に身を委ねると話は別で、おそらくは死ぬときまで、つまり夢の基底そのものがだらっと崩れてしまうそのときまで、暗赤色の甘く狭隘な通路をくぐって、ぼくはきみに逢いに行くほかないのだ。

それにしても、素っ気ない絵葉書一枚。裏に「夜の中の頭」という作品がプリントされている。どうやら彼女はひとりでホアン・ミロ彫刻展を観に行ったようだ。そもそもなぜ、私は招待券を送りつけたりなどしたのだろう。一緒に行くもくろみであれば、電話かメールでその由を伝えて、現地で手渡せばよかったはずだ。やはり、愛されない男としての遠慮があったのだろうか。

71

夜通しの、実りないアクセスを終えて戻る。仮眠をとろうとして横になると、額に、薄いカーテンで濾過された朝の柔らかい陽射しがあたる。ぼくの頭のなかの、どんなお芝居を消しにきたのか、この、探し求めたのでもない不意のひかりよ。

そうして、しばらくは胎児の姿勢をまねて。膝をかかえ、背を曲げ、なにかしら祈るような姿勢で。暴動が匂った？　そんな時代は去ったよ。去るにしたがって、また来るよ。ちぢまれ、ちぢまれ、となおも唱えてみる。ちぢまって、何ものにも還元できない核のようなものとなり、さてそこから、どんな意味を放射できるか。そんなぼくを、どこからか屈強な男たちがやってきて、久美、きみを護るためと称して、キックする、キックするんだよ。

73

ちたちたと、そう、たしかにちたちたと水がつたい落ちてゆく、
けれどもそこは誰の脳梁だ、といえるほど、私は生きた、生きす
ぎた、世界は大きな耳を吹く風である、にしても、いまは肘掛け
椅子によりかかって、わずかに視野の片隅に、永い日のにわとり
だ、にわとりだ、にわとりだ……

74

待機祭ガ終ワリヲ迎エル頃ニナルト、
ドコカラトモナク滲ミ出テクル悲シミノ空気ガ
幻影ノ街ヲ覆イ始メル、
ソシテ、私達ノソレゾレガ頭部ニ抱エル
例ノ虹色ノ螺旋、ソレガイツモヨリ心ナシカ旋回ヲ速メテ、
旅ヲ、早ク旅ヲ、
ト、何カ得体ノ知レナイ不安ナ幻聴ノヨウニ
私達ヲ促スノダッタ。

75

(呼ぶと呼ばれたので呼びかえし、
(私たちはひとつになった、
(久美泥、——寝ねがての
(統覚の一歩さきへ、
(雪の結晶はそのとき、
(巴旦杏のように大きい、

76

雪の結晶？　巴旦杏？　身熱の灰だ、いまのぼくは。

77

なるほど久美、きみはぼくにとっていまだ殆ど未知の女だ。血液型は何か。生まれ変わるとしたらどんな動物になりたいか。便秘になりやすい方か。これまでに一番印象に残っている出来事は何か。占星術を信じるか。好きな言葉は何か。こうしたことについて、ぼくは殆ど知らない。にもかかわらずぼくは、一年半ものあいだ、ひそかにきみと一緒だった。そう、繰り返すが、ミロの絵にも似た夢の基底——そこに浮かぶ脂のようないくつかの不定形なフォルムに、きみという存在が或る固有の色をつけてしまっているので、そのフォルムが組み合わさって成す夜毎の夢においては、久美、きみが繰り返し出没してやまないのだ。一年半ものあいだ。いや、もっと長く、そのあいだに私はもうずいぶんと歳を取ってしまったにちがいない。

じっさい、ホアン・ミロ彫刻展が開かれたのはずいぶん昔のことだったような気もする。私はもう老人かもしれぬ。シュトルムの『みずうみ』の語り手のように、肘掛け椅子に身を沈め、追憶にふけっているだけのことかもしれぬ。寧日の果てにひらけたような空の青。そのへりをまなざしで辿ると、屋根伝い、なにかしら断念の明るい縁取りがなされてゆくようだ。そこからさきは、雨燕も飛ばない深い昼、罌粟の美貌のゆらぎのような惑星。

79

もうあんなことは夢見てもならぬ？　いや、あとひとつだけ、前未来を。いつの日にか、久美、きみも分娩室にいることになるだろう。出産を終えたばかりのきみの腰から下は、すでに、大小さまざまな無数の糸玉に変容しつつあり、黄色に光る変異体のように、青緑色に光る変異体のように、それらはさらに、床へ、地面へ、都市へとひろがって、憂いのように、愛おしみのように転がってゆく。あいうえお！　あいうえお！

80

キック待つゴールキーパーのごと返信におののく日やむ手のひらに零？　日付なしコイトスの核《さね》返しにゆくむかし中也の空の奥まで？　なぜ、なぜたわむれにこんな音律……　ボクサーの腫れたまぶたのやうな空ネムネムしましょ片巣とろりと？

81

事後のようにまばらに人が群れている。あるいは、人のようにまばらに事後が群れている。異様とも思える静けさ。二度三度とここに戻ってきたような気もするが、どこといってどこでもない。ただ地に映る薄い影が、光に揉まれてすすむ私の所在をあきらかにしている。死後？　そうかもしれぬ。おそろしく透明な水をたたえた池まであって、その冷ややかな水面に指をひたすと、その水が、なぜか急に、爪からてのひらへ、てのひらから腕へと、軽い疲労の感覚のように滲みわたってくる。身がらのすみずみにまで到達したら、今度は引き始めるだろう、腕からてのひらへ、てのひらから爪へ。復活？　そうかもしれぬ。あるいは私以外の誰かが、たとえば仙崖のらしき手が、雫としてあらわれ出るのかもしれぬ。

ひとりの女、久美、きみへのアクセスを超えて。何の輪だろう、
輪が、ふわっとひろがる。

野村喜和夫（のむらきわお）——

一九五一年生れ。

著書に

『川萎え』（詩集／一九八七・一風堂）
『わがリゾート』（詩集／一九八九・書肆山田）
『反復彷徨』（詩集／一九九二・思潮社）
『特性のない陽のもとに』（詩集／一九九三・思潮社）
『ランボー・横断する詩学』（評論／一九九三・未來社）
『草すなわちポエジー』（詩集／一九九六・書肆山田）
『現代詩文庫　野村喜和夫詩集』（一九九六・思潮社）
『散文センター』（評論／一九九六・思潮社）
『アダージェット、暗澹と』（詩集／一九九六・思潮社）
『風の配分』（詩集／一九九九・水声社）
『狂気の涼しい種子』（詩集／一九九九・思潮社）
『二十一世紀ポエジー計画』（評論／二〇〇一・思潮社）
『幸福な物質』（詩集／二〇〇二・思潮社）

『ニューインスピレーション』（詩集／二〇〇三・書肆山田）
『金子光晴を読もう』（エッセイ／二〇〇四・未來社）
『現代詩作マニュアル』（評論／二〇〇五・思潮社）
『街の衣のいちまい下の虹は蛇だ』（詩集／二〇〇五・河出書房新社）
『スペクタクル』（詩集／二〇〇六・思潮社）
『稲妻狩』（詩集／二〇〇七・思潮社）
『plan14』（詩集／二〇〇七・本阿弥書店）
『ランボー「地獄の季節」詩人になりたいあなたへ』（エッセイ／二〇〇七・みすず書房）
『言葉たちは芝居をつづけよ、つまり移動を、移動を』（詩集／二〇〇八・書肆山田）
『オルフェウス的主題』（評論／二〇〇八・水声社）
『ZOLO』（詩集／二〇〇九・思潮社）
『詩のガイアをもとめて』（評論／二〇〇九・思潮社）
『ヌードな日』（詩集／二〇一一・思潮社）
『移動と律動と眩暈と』（エッセイ／二〇一一・書肆山田）
『萩原朔太郎』（評論／二〇一一・中央公論新社）
『難解な自転車』（詩集／二〇一二・書肆山田）
『芭（塔（把（波』（詩集／二〇一三・左右社）――ほか、翻訳・詩画集など

久美泥日誌＊著者野村喜和夫＊発行二〇一五年一一月一五日初版第一刷＊発行者鈴木一民発行所書肆山田東京都豊島区南池袋二-八-五-三〇一電話〇三-三九八八-七四六七＊装幀亜令＊印刷精密印刷石塚印刷製本日進堂製本＊ISBN九七八-四-八七九九五-九二九-四